主 编 刘 铮

中国当代摄影图录：王川

© 蝴蝶效应 2017

项目策划：蝴蝶效应摄影艺术机构
学术顾问：栗宪庭、田霏宇、李振华、董冰峰、于　渺、阮义忠
　　　　　殷德俭、毛卫东、杨小彦、段煜婷、顾　铮、那日松
　　　　　李　媚、鲍利辉、晋永权、李　楠、朱　炯
项目统筹：张蔓蔓
设　　计：刘　宝

中国当代摄影图录

主编／刘铮

WANG CHUAN 王川

浙江摄影出版社

目　录

像素
王川 / 07

《再聚焦: 龙》和其他
王川 / 35

从龙开始的文化反思
顾铮 / 38

像素

文 / 王川

　　今天我丝毫不会介意告诉旁人我拍照不使用胶片。我只用数码相机，和数字软件打交道，至少目前还是这样。从第一台相机开始，胶片作为影像记录的介质，既包含了无数信息感受，也承载了同样多的关于摄影的问题，前前后后有近三十年。尽管对从胶片到数字的转变也曾小有纠结，但发展得还算顺利。现在想来，我们都像时移世易中的一块微小碎片，折射着这一轮范围广阔、波及深远的媒介变革。

　　像素（Pixel）作为数字图像的基本构成单元，似乎生来就不甚招人喜欢。相较于隐身在乳剂之中大小不等、无序分布的颗粒（Grain），它们似乎过于理性、刻板和有序。这种规规矩矩的特点似乎都与艺术相悖。被称为"数字信号捕捉器"（Digital Data Capture Device）的数码相机，通过把光这种物理能量转化为数字信号再转译为可视图像，它的参照系除了拍摄对象，可以说完全移植自传统摄影，"暗房"与"明室"形象明了地概括了这种关系。大小均等、以百万千万计的像素整齐排列，透过镜头点对点地与对象形成基于反射光线亮度的精确对应，将可视的对象转为数据，再被复杂的软件转为显示屏中的图像。这个小东西里面集成了传统冲洗店或宝丽来。与传统的银盐模拟影像（Analogue）相比，由像素构成的数字图像有着与生俱来的不同，尤其是其基本构成单元，与此同时却有着一致的原理。数字照片首先要面对的就是要与只比它先行了百十来年的、基于物理介质的传统照片相比较的问题。因此在很长时间内，无论是数字相机还是输出设备的生产商都不得不将"可以像胶片一样好"作为对其产品品质的终极描述。为此，从硬件到软件，这个系统必须尽其所能地将像素特有的方块儿痕迹藏匿起来。

　　在早些时候，我们对像素最为直接的感受往往是与低劣画质相伴的。从那些像素数量不足以支持观看尺寸的照片上，我们的视觉经验之中有了"马赛克图像"这个概念（这不同于包豪斯色彩构成系统中的"空混"训练，这个词来自大学阶段的色彩构成训练，Photoshop中滤镜对应的是这个效果）。这类照片最重要的来源是彼时刚刚兴起的互联网。在某个阶段，这或许是网络在传输速度和画面品质之间不得已而为之的折中，也可以说是数字图像与互联网相互捆绑的一个无法避免的阶段性代价。但恰恰是这为期不长的过渡阶段造成了一种认识，一旦我们在某张照片中看到像素，那么这张照片就基本上与品质无缘，更遑论什么艺术和审美了。当然互联网还提供了另一种"马赛克"版本，那大多是利用其"生硬的虚化"特征解决"不宜观看"的问题。

　　托马斯·拉夫（Thomas Ruff）是我喜爱和尊敬的德国艺术家。他的"JPEG"系列作品把从成人网站下载的带有这种"马赛克"——同时也是具有强烈网络图像特征的照片，以巨大的尺幅直接将其"像素化缺陷"呈现给世人，从而直截了当地告诉世人，这就是数字图像的本来面目，这就是像素的时代。从中我们却隐约看到了一种迥异于传统照片的审美样式，一种由绝对精确的像素构建出来的感性的混沌和模糊。对于拉夫的作品，我们无法直接从传统影像的经验或审美标准出发进行判断，他向我们展示的是艺术家对其所用媒介发展和变化做出的反应，以及这种思考的个人艺术呈现。作为杜塞尔多夫学派的代表性人物，在拉夫和他的同学古尔斯基（Gursky）身上，面对媒介转型和技术更迭，我没有看到踌躇和迟疑。他们对摄影的掌握和经验丝毫没有成为其前行的桎梏，对于摄影不断演进的特征，他们有着透彻的理解。他们是真正的与时俱进者。就我而言，在阿拉里奥观看拉夫的展览意义重大并具有启发性。之前对于像素、对于数字图像的种种疑惑和隐隐兴趣似乎得到了某种印证和支撑。其中，最为深切的体会还是在内心中真正全面接受了数字图像这个摄影媒介的新样式。对于媒介本身的兴趣首次超越艺术表达本身，这成为我随后很长时间内个人实践的最主要的驱动力。

于是从 2008 年开始陆续有了《像素北京》和《动物肖像》、2009 年的《燕京八景》和 2011 年的《再聚焦：龙》三个系列。在前后四年多的时间里，对于纯数字图像，解决的问题从最初的技术流程到随后的对象选择、语言匹配不一而足。《像素北京》和《动物肖像》的重点在于将"像素化"作为一种特定的视觉样式去把握，并寻找与之相对应的特定对象和感受——对于北京这座城市的气息、个人记忆的感受，还有夹杂在其间说不清道不明的情感因素。那是些无法着落在地标性建筑或者符号性对象上的东西。它们一直在那儿，这次我觉得似乎抓住了它的一个衣角，像素化把照片原本具有的不确定性进行了放大，那种视觉结果让我满意。

在历时半年多的资料查阅和实地踩点之后，《燕京八景》的拍摄和后期制作在将近一年时间内逐步完成。这是一个在历史和现实之间反复游走和频繁转换的过程。燕京八景所共有的现实与历史双重交错的特点，以及身临其境时个人思想上的飘移、像素化图像所具有的精确与模糊共存的视觉特征使我认定这就是我所希冀的表现形式。数字软件的压缩使影像在被抽离了现实细节的同时依旧具备可识别的样貌，观看被框定在一种似曾相识的反复确定当中。

后面的《再聚焦：龙》的重点转向像素化影像与正常影像、清晰与模糊、精确与混沌之间的视觉秩序，并试图通过对从虚化到清晰的观看秩序的营造去实现一种主观引导。虽然从个人实践的角度上讲，这是一种一以贯之的延续性思考的结果，但当进入了"像素"阶段后，无论是出发点还是方法都有了很大的不同。对所使用媒介的态度转变让我有机会用一种不同于以往的目光审视我以为熟悉的城市、传统，它们的历史和当下。整个过程中所一再涌现的五味杂陈，在我置身于"金台夕照"的乾隆石碑前的那一刻有了无比清晰的体会。在那儿，我被包裹在四周大厦玻璃幕墙反复折射的光线之中，对面央视大楼上某处有一道金光直刺双眼，头脑中的想法因之交错混乱。而在随后的那些不期而遇、花样百出的龙面前，从它们身上所折射出的光芒稀奇古怪，同样闪烁晃眼，可目光却再也无法离开。

有人说当今中国的一切皆为摄影而存在，听起来虽有些极端却也一语中的。虽然任何意义上的变化、交替、更迭和消逝都可以彰显摄影存在的意义，或者为艺术的产生提供对象、主题和动力，但面对如此现实时的那份无可奈何终究挥之不去。

像素北京— 9, 2008

　动物肖像—猴子, 2007

动物肖像—鹦鹉, 2007

动物肖像一秃鹫, 2007

【燕京八景拍摄散记之蓟门烟树】

　　这是我以个人对北京的情感、兴趣为出发点，试图重新认识这座我生活了几十年的城市的最初尝试。将这种愿望和体验以作品的形式呈现出来的想法让我在 2008 年夏天的一个闷热下午登上了蓟门桥西南的一栋居民大楼。尽管做了充分的查阅、思考和预想，但现实的观看仍然超出了我的预期。虽然物是人非，但此景仍然是最接近我个人的想象的，烟、树、碑、亭，雨雾蒙蒙，眼前的一切还是可以和曾经有过的叙述稍有对照，当然就别再苛责其间隐现的林立楼宇和穿梭的车流了。

燕京八景一 蓟门烟树, 2009

【燕京八景拍摄散记之太液秋波】

　　北海公园南边的大桥上有庄严的警卫，他们不会干扰来到这里的人们眺望与北海相连的静谧水面，但拍照是不被允许的。往来行人多半知道那里是中南海——不是供人欣赏的地方。站在北海公园团城的城头上，与对面百米外的太液池——"燕京八景"中的"太液秋波"隔桥相望，眼前的车海人流却只能让我感觉到某种遥远和抽象以及历史与现实的脱节。然而相机镜头却可以从这车水马龙中提取某个空寂的瞬间，将其变为我所需要的影像，从中我们还可以依稀嗅到一丝乾隆的诗意。

燕京八景一 太液秋波，2008

燕京八景一 金台夕照, 2008

【燕京八景拍摄散记之金台夕照】

若不是乾隆皇帝这块石碑，又有谁会将这 CBD 的核心和皇家钦定的"燕京八景"之一联系到一处？但为了迎接奥运而新建的地铁，其站名却明白无误地告诉我们"金台夕照"就是这里。秋分时节夕阳西下，这里再也找不到传说中以厌胜之法震慑苗疆的土丘，取而代之的是环立四周的商务大厦。玻璃幕墙将橙色的阳光反复折射，阿斯顿·马丁在玻璃后面静静停放，光怪陆离之中匆匆走过的人影在石碑上掠过。在恍惚与闪烁中我有一种丧失参照后的悬浮感，尽管这块曾常年立于呼家楼小学院内的石碑保存得还算完好，但在这里它最多只是一块历史的残片，气场难达给它的那块地方之外。不过我还是庆幸我能站在这里，这儿看上去有点像一个时空隧道的入口，有足够的惊异和荒诞，能不能进入那就是个人的事情了。

【燕京八景拍摄散记之西山晴雪】

　　我曾经以为"西山晴雪"是"燕京八景"中万事俱备，只等雪来的一个，但我错了。尽管北京降雪的大幅减少已经是常态，但或许是出于一种一厢情愿的执拗，我始终没有做过最坏的打算。仿佛天意弄人，入冬以来持续的无雪天气，忽然间使"西山晴雪"变成了一个传说，也使这个冬季最后的日子有点度日如年。尽管最终在2009年即将入春之际，借助这个冬天唯一的一场瑞雪，我从哈尔滨跑回来并成功地抓住了雪与阳光共存的那几个小时，拿下了心目中的"西山晴雪"，但此番经历我至今心有余悸。远处，曾经寺院林立的地方——石景山，早被"首钢"的烟囱升腾起的云朵覆盖，据说"首钢"也搬迁在即。不管彼时这里是还原旧貌，还是作为工业历史保留，我都会"犯嘀咕"。西山还在，可每次为了晴雪，谁知道北京需要期待多久？

燕京八景—西山晴雪, 2009

燕京八景— 琼岛春阴, 2009

【燕京八景拍摄散记之琼岛春阴】

  "琼岛春阴"触手可及,有一种不可言说的亲切。春意中弥漫的那种自在和惬意是燕京八景中独一无二的。春风拂面、花红柳绿固然醉人,而真正触动我的却是那些晨练、踏青、留影、闲坐的人们——他们真正在享受着这里,这里也属于他们。这种感动是我自小学三年级第一次来北海公园至今未曾体验过的。"琼岛春阴"石碑掩映在绿茵之中,停步驻足的人们豁然意识到自己身边的历史。西面山坡上有铜人北向,双手擎盘于头顶,名曰"仙人承露台"。"文化大革命"时曾险遭毁坏,如今汉白玉基柱上依然裂痕宛然。然则沧海桑田,面对眼前湖面上那些荡起的双桨,仙人面上应有微笑掠过。

《再聚焦：龙》和其他

文 / 王川

　　《再聚焦：龙》的题目本身所呈现的依旧是简单的二元结构。它意味着有关特定对象和表达语言的匹配问题依旧是我认为重要的事情。聚焦是摄影中最基本的技术环节之一。摄影者通过将镜头的焦点锁定在画面中的某一位置，使其在拍出来的照片中获得最为清晰和突出的呈现，当你使用大光圈时这种效果更为突出。与此同时，摄影者个人的意图和选择也展露无遗。这种典型的摄影的视觉引导方式随着摄影而普及，"聚焦"一词也在不知不觉当中由简单基本的摄影操作演变成为一个通行词汇，具有明确强烈的指向性。也正是从这里我开始思考像素化图像的"虚化"和正常图像的"清晰"与"聚焦"的相似性问题，并将其理解为一种对"观看秩序"的经营和对观看者的引导，有时甚至是强制（别忘了强制是摄影的招牌方式）。被我称为"再聚焦"的这种方式，学者顾铮则称之为"类聚焦"。其着力点都是关于通过照片对观看的引导和把控，只不过传统聚焦有着一系列成像原理、硬件性能的约束，并不能完全随了摄影者的意愿。而我却要通过两种不同性质图像的叠合将"主观意愿"执行到底，这源于我越来越坚信的"摄影本就主观"的判断。此番像素化的图像不再只具有视觉样式的意义，秩序的建立也不是最终目的，一切手段的准备最终都是为了成为"焦点"的那样东西，它既是对象也是主题。

　　一次偶遇让龙的形象——这里仅指那些五花八门的民间版本——进入我的视野。那是在平谷路边的一个农家院里，进门肉香扑鼻，原来是右手一溜大锅里正在煮东北乱炖。灶台背后的窗台上立着一个伸胳膊蹬腿的龙的雕像。活儿精细、表情古怪，它待的地方实在有些滑稽——厅堂里正经八百的位置已被通了电、闪着红光的财神占据，老板把它搁这儿估计是为了让它近水楼台吧。回来看它的照片时我就想，这仅仅是偶遇吗？带着这个预设的问题我又开始走出去了。

　　一年半的考察让我确认了它作为现象的普遍性和多样性。龙是由九种动物合而为一的神物，它是中国人的图腾也是中国文化的象征。神话传说把我们和龙的关系演绎得有点感天动地，黄帝坐着它升天的地方都已经找到了，就在豫西。历代帝王都被视为龙的化身，是真龙天子，龙的形象是皇家专属，有关他们的一切莫不与之相关。但是百姓总有办法整出些简易可用且无风险的名堂来沾光，好叫自家的梦想有个寄托和着落。这个神兽既可以被视为人生的终极目标，也可以作为前程的护佑；它既是最为华丽壮美的神物，也是被众人戏耍的道具；它既是集合的概念，也是变化的实体。这些被广泛运用于社会生活方方面面，入乡随俗样貌百出的龙似乎因接了地气而显得更有活力。我曾经想把那条被放在灶台边的由聚苯板雕成的龙买回留个念想，不仅因为正是它让我萌生了最初拍摄的念头，同时还因为我实在想让它有个差不多的地方待着。然而当我第二次再去的时候，它已经不在那儿了。之前伸展的前爪折了，灰头土脸地被塞进了另一间屋子的桌子底下。伙计说，老板为它也花了些钱的。这让我困惑了一阵子，但是时间并不太长，因为我逐渐发现真正有意思的地方恰恰就在这里。

衣食住行、婚丧嫁娶、歌舞娱乐，龙的身影逐渐汇集成为一条路径，通向的是今天生活在这里的人们的内心深处和精神世界。它又像一面镜子，折射着社会变迁和文化沿革，光怪陆离、时隐时现。针对它的观看和思考一经开始便无法停止。中国社会正在经历的现代化、城市化和国际化进程步伐凌乱却不见停顿，在一片喧嚣之中，虽然这个古老的神灵并未远去，但却在经历着彻底的改变。我们似乎比以往任何时候都更需要龙的精神护佑，否则它在中国不会依旧俯拾皆是，饭店老板也不会那么破费。问题是这种破费并不包含太多敬意，事实上它面临的是前所未有的轻慢和敷衍。那条端午节在妫河公园被众人舞得七荤八素的龙很快就被草草卷起扔在三轮车上，徒然张着大嘴，显得如此无助，在我看来完全就是个弱者。但即便是这样，它身上依然寄托着人们或许比以往任何时候都沉重的关于命运、财富、健康的希望。与之打交道切忌太过投入，对此大家好像已经有了共识。因此，批量生产、粗制滥造、明码标价就顺理成章地变成了打发它的常规手段。

如果将"龙"理解为中国传统和中华民族最典型性的符号，毫无疑问今天它依旧有效。它的存在状态完全能够在一定程度上呈现它所代表的传统在当下的境遇。但是中国现实的诱惑恰恰在于其丰富和迷乱，换个角度它又远不是一个文化符号所能概括的。渐渐地有两个东西在我这里变得愈加清晰：作为主题和对象的"中国传统在当今社会中的存在状态"和作为方法的"再聚焦"。与之相应的，作为《再聚焦：龙》系列的自然延展，《再聚焦：X》系列在一种平行状态下舒缓地进行，我意识到我的兴趣和目光焦点一直就在这个命题之中。中国当下社会生活中传统的方方面面都在经历着和龙一样的际遇，构成着各种奇幻的社会场景。难怪自己这么多年其实就在里面摸索睃巡，却还常有移步换景的惊喜。2012 年，我曾经隔着黄河对着那两条各有近一公里长数层楼高的巨龙目瞪口呆，可它们的结局却有力度——据说它们因为部分被黄河水冲垮而最终被整体拆除，简直不能再荒诞了。

摄影的本质就是选择，这一点在其任何阶段都没有改变。照片因这样或那样的选择而被附上摄影者个人的思想烙印，并变成截然不同的视觉信息，传递出大异其趣的个人意愿。照相机总是可以帮助我们将个人选择从纷繁现实中分离提取出来，并赋予这些画面特殊意义，而摄影的技术则始终是兑现这些选择的保障。须知所有摄影在视觉上的独到之处莫不与其基本原理和技术特征息息相关，对技术熟练的应用掌握固然重要，而基于媒介特性和一般规律的思考更可以使我们构建起人和技术之间更为主动的关系，就像从聚焦到再聚焦。这种尝试最终落实某种视觉经验，它既属于个体也属于公众，既属于特定的时间和阶段也属于整个摄影。

从龙开始的文化反思

文 / 顾铮

  在北京从事摄影教育与创作工作的王川，其早期作品《觉》系列以通透的影像，打造了少年梦想与青春苏醒的动人过程。但这个过程并不是叙事性的，而是在几多变幻的寓言式的画面中，展开了有关生命的诗意抒情与视觉反思。他的这组作品也许预示了他对于摄影的可能性的最初的想象，也为我们理解他的摄影实践的可能性提示了一个也许是最初的指标。

  在数码摄影技术以不可逆转的强劲势头进入当代摄影的影像表现中来时，人们大多是顺势而为，随时跟进其突飞猛进的成像技术，只图转化其高强的表现力为自己的影像创造带来直接的帮助，却无有对此强势的本体论反思。然而，当数码摄影技术的成像可能性、尤其是其图像解析能力达到了几乎可以说是巅峰的阶段时，终于出现了某种重新思考其清晰度的意义与再现能力的努力与尝试。这种努力，有的时候甚至是以反清晰、反再现为外在特征体现出来的。比如，王川的《燕京八景》系列就是这么一种反其道而行之的尝试。他通过这种对于数码成像的基本要素的像素的凸显，来检测眼睛与图像、现象与思维之间的相互作用与相互关系。当然，这并不是一种简单的逆向而为，而是一种深深地思考了影像本体为何之后的具体实验。

  王川的《燕京八景》所表现的主题，虽然是北京历史上所曾经出现过并且被以优美的文学方式加以命名的、但今已不存（或复建）的八个著名景点。不过他所提示的此"八景"画面，并不是利用数码技术的强大的再现与再建构能力去虚构出当时的（也是一种想象的）"八景"，而是以数码技术的基本构成要素像素（pixel）来作为半抽象画面的视觉构成元素，给出数码的图像建构与摄影家对于可视性的理性解析的辩证关系。在这些"八景"画面中，数码的基本像素以粗放的形态构成了画面中的景观内容，同时也可以说是以其粗放形态消去了景物的细节特征。以这样的极端放大某种特质的手法，王川以像素作为一种描绘又是消解的笔触，以一种将文化乡愁以新的技术形式推向远去与解体而不是拉近与凝视的方式，提示了运用一种新制像技术来讨论文化与再现、现实与怀旧等许多问题。

  如果说传统的银盐摄影的主要表现力在很大程度上取决于银盐颗粒的表现，银盐颗粒即为照片的"笔触"的话，那么数码摄影中的"笔触"，就是经过王川加倍放大之后凸现在我们面前的像素了。他不是以隐去这种像素的锯齿为己任，而是凸显这种在视觉上令人不适的锯齿，以此呈现有别于银盐摄影的特殊形态。大多数接触到了高度发达的数码技术的影像创造者们往往更迷恋于数码摄影技术所具有的影像虚构能力，因为传统摄影不具备这种能力。而王川的《燕京八景》系列，从内容看是试图再现某种景色，但从形式看却是属于一种半记录半抽象状态的图像。从这种意义上说，《燕京八景》系列，既不是有关影像的纯粹性讨论，也不是有关影像的叙事性呈现，而是有关数码影像本体与再现的关系的讨论。因此，他的这种尝试，作为一种有关观看的实践，很值得我们去深思。

  在《燕京八景》系列之后，王川又回归纪实摄影的实践。当今中国，在世界上无论被褒被贬，一旦被形容，总与龙脱不了关系。他的《再聚焦：龙》（2010—2011）这部作品，就是以中华文化的龙图腾为主题，刻画、呈现作为一种文化符号与象征物的龙在中国当下现实中的文化认知与使用、消费和流通的方式。

王川以集中归类的方式，在中国各地大量采集了存在于日常生活中的龙的形象。各种材料制成的、用于各种目的和用途的龙，出现于我们日常生活的各个处所。这些龙，或金碧辉煌却与某地的贫瘠景象相处一地，或拙劣仿古却也和粗糙的现代家什相与为邻，或软塌塌地被收拾于板车之上要载往某个仓库，或化身为龙椅被莫名其妙地安置于景区湖边作历史性想象的还原。所有这一切对于龙的处置方式，处处令人失笑，也时时令人哑然。这些附着于各种现世实存上面的龙形象，其工艺或精良或不避粗糙，却在呈现出一种漫不经心与功利目的的同时，也暴露了各种欲望、野心与志向。

这些龙的形象的存在，与其周围的环境构成了一个奇观，也成为中国景观之一部分。通过王川的不无讽刺与辛辣的观看与框取，以前在中国文化中威严凛然、俨然不可侵犯的龙的形象，在我们的心目中生成了新的形象，也改变了我们对于龙这个概念的固定看法。在西方文化中，龙往往作为邪恶的化身而被赋予各种不同的内涵与形象。但是，与西方文化不同，在中华传统文化中，龙在封建时代往往被赋予了一种皇权的象征，象征了威严、权威与不可僭越。对于龙之形象的运用与处理，如果稍有不慎，往往会引来杀身之祸。但是，在如今王川的这些照片里，中国龙在海外虽然仍然象征了经济腾飞与梦想实现，但在龙的故乡中国，它却已经世俗化到了几乎无所不用其极的地步。被广泛应用于各种目的与各种场合的龙的形象，所有被王川的照片所呈现出来的它们的形态与处境，都在无意间呈现并且告诉我们一个令人无法回避的过程与现状，那就是龙的神圣感，早已经凋零与消失。龙的神圣感之凋零和消失的过程，同时也就是龙的一个世俗化的过程。龙的形象在中国现实中的地位下降，龙的形象被随意摆弄与操持，当然表明在中国人民推翻了清王朝100年后，"屠龙"已经变得安全，"戏龙"也已经日常化。王川的摄影，以精炼却又丰富的图像具体而强烈地证明了这一点。

在看过王川的《再聚焦：龙》的照片后，我们也许还可以发出这样的提问：既然龙这个中华文化的图腾与权威象征也可以变得这么世俗甚至恶俗，那么，在今天的部分中国人手中，还有什么不可以按照自己的低劣想象与庸俗欲望来加以改变的？提出这样的问题，不是在中国人民结束封建君主专制制度100年后为龙的世俗化而感到惋惜，而是为这种世俗的狂欢与猖狂背后所体现的精神文化上的不可挽回的世俗化而感到某种隐约的担忧。

而一些来自中国身处海外的艺术家，虽也得祖先的庇荫，以标榜中华文化的"中国元素"（Chinese elements）为创作筹码，在国际上的方方面面占得先机，并且得意于资本主义艺术市场。但是细看那些视觉上具"东方主义"相貌特征的作品，我们发现它们往往缺乏对于自身文化的反思。这些作品卖弄的是一知半解的中国传统文化，因此可以轻巧地无涉中国现实，规避对于当下现实的审视与反思。更惊奇的是，这些也算是西方文化中的中国离散之人，居然一无离散身份所应有的痛苦与沉郁。他们个个散发禅味，以玄虚为上，因此早已没有索尔仁尼琴式的因离散而附身的文化身份意义上的痛苦与纠结。他们在返视并且充分利用培养了他们的文化基因的中国文化的时候，毫无反思地利用一把而已，只是以制造一点炫目的惊奇效果为荣。返视，却无反思。这样的艺术，实质上，除了以此自我殖民的方式与西方作一文化交易，并且补强西方文化的开放、健康的体魄之外，对于中国文化与现实并无任何帮助。当下中国文化的处境与命运，确乎与他们无关，但他们却又可以用一些小机巧左右逢源，既接受西方的名利加持，又以此在这边漫天要价，诚谓两头通吃。

显然，王川与那些以中国元素得意于国际且身份、国籍往往暧昧的中国艺术家不同。他的《再聚焦：龙》紧紧扣住中国文化这个主题，其指向却实实在在地反思我们自身身处其间的文化，因此具有一种不可否认的批判性。这样的文化反思，从龙开始，却走向广阔的当下现实。《再聚焦：龙》是对于现实中的中国传统与中华文化的处境与命运所作的一种集中考察与考究，它对于我们反思现实的走向与思考文化的前景均有着不可忽视的意义。

让现实中的赝品龙们继续在我们的日常生活中变形扩散，只要像王川那样的具批判性的摄影观看、呈现与反思还在继续，我们就仍然有可能把握我们的精神走向。也许这才是他的摄影最令我们感到振奋的地方。

再聚焦：龙—6, 2009

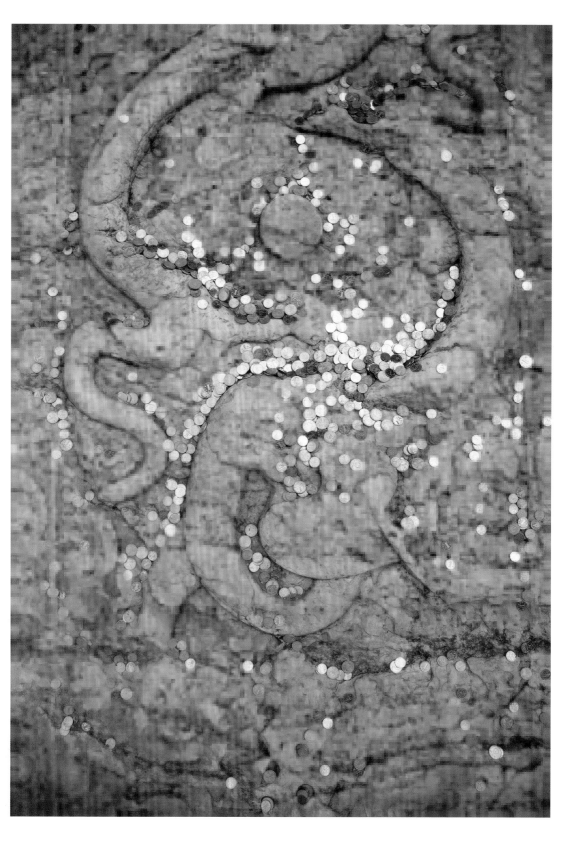

再聚焦：龙一 7，2010

再聚焦: 龙—14 , 2009

46　再聚焦：龙—17, 2010

再聚焦：龙—15, 2010

再聚焦: 龙一 11, 2010

再聚焦：龙—24，2010

再聚焦：龙—31，2010

再聚焦：龙—13, 2010

再聚焦：X一大清花，2010

白山松水　满族风

再聚焦：X一后院，2012

再聚焦：X—炳灵寺飞天，2009

再聚焦：X—祈愿树, 2009

再聚焦：X一首钢，2011

再聚焦：X—吐纳, 2009, P72
再聚焦：X—京西, 2009, P73

再聚焦：X—春, 2009

再聚焦: X — 梦想升起, 2010

再聚焦：X—阳原塔，2012

责任编辑：林青松

文字编辑：谢晓天

责任校对：朱晓波

责任印制：朱圣学

图书在版编目（ＣＩＰ）数据

中国当代摄影图录 . 王川 / 刘铮主编 . –– 杭州：
浙江摄影出版社 , 2017.8

ISBN 978-7-5514-1873-7

Ⅰ.①中⋯ Ⅱ.①刘⋯ Ⅲ.①摄影集 – 中国 – 现代
Ⅳ.① J421

中国版本图书馆 CIP 数据核字 (2017) 第 140348 号

中国当代摄影图录

王　川

刘　铮　主编

全国百佳图书出版单位

浙江摄影出版社出版发行

　　地址：杭州市体育场路 347 号

　　邮编：310006

　　电话：0571-85151156

　　网址：www.photo.zjcb.com

制版：浙江新华图文制作有限公司

印刷：浙江影天印业有限公司

开本：710mm×1000mm　　1/16

印张：5

2017 年 8 月第 1 版　　2017 年 8 月第 1 次印刷

ISBN　978-7-5514-1873-7

定价：128.00 元